山頭火と遊ぶ

句あれば楽あり

作 菊地 清

はじめに

私と山頭火の出会いは、数十年前、神保町の古書店でのことでした。『山頭火を語る』（一九七二年八月・潮文社）の表題。手に取るきっかけは、「山頭火」という名前でした。「山のてっぺんが炎と化す！　人？·」。そのような映像が脳裏をよぎり、やがて、烈火のごとく猛々しい気性の風貌が浮かび、風林火山にまでイメージは飛び火し、いわゆる〝ダイトル買い〟をしてしまったというわけです。

生死の底からホンタウの『あきらめ』が湧いてくる。その『あきらめ』の中から、広い温かいそして強い力が生まれてくる。

冒頭の二行にすっかり心を奪われてしまい読み進めると、その本の編者は自由律俳句を提唱し、山頭火が師と仰いだ荻原井泉水であることを知りました。自由律俳句とは、俳句を構成する五七五の定型や季語の導入といった決まり事に縛られることなく、感情の自由な律動を表現する新潮流でした。

「一草一木の真実を観取すべし」という井泉水師の言葉に導かれ、「層雲」の船で大海に乗り出した、俳人・山頭火。

「何事によらず表現は自由であるべき!」とする私の持論にも合致し、山頭火はヒーロー像として我が心に宿りつづけています。乞食流転を貫き、酒を愛し、歩いて、飲んで、俳句を作って。「捨身懸命」を座右の銘に、純粋で作為なく、自我を解き放ち、奔放な生き方で自由を貫く。

その「業」の感性をいささかなりとも共有したいと考えていた私にとっては、もう一歩〝分け入りたい〟思いがありました。漂泊の旅路に同行できたなら、山頭火の句を受け、私は何を思い浮かべ、何を創り出せるだろう。そんな想いから誕生したのがこの本です。用意するのは〝やわらか頭〟だけ。

本書は、山頭火の精神をリスペクトしつつ、俳句の文字をバラバラにして替句を作る〝字遊自在〟な遊びをまとめたものです。使う言葉は山頭火が紡いだ一字一句であり、並べ替えることによって、「まっすぐな道でさみしい」が、「まっすぐでない道さみし」となる。元句に寄り添いながらも、時に真逆の大展開に遭遇する。それもまたこの遊びの醍醐味のひとつです。

絵の表現は、山頭火俳句の心象風景として、大正・昭和の世相や自然の原風景に思いを馳せるような古布、手漉き和紙、木紙などによるコラージュで構成。古き良き日本の風物や匂いが伝われば幸いです。

句あれば楽あり。分け入っても分け入っても、山頭火。

あるけば蕗のとう

元

替

あるけばきのう問ふ

解説

元句

ア①ル②ケ③バ④フ⑤キ⑥ノ⑦ト⑧ウ⑨

昭和八年二月二十三日の作。日記には、「俳句[*3]することが、私に於ては、生活することだ。俳句する心が、私の生きてゐる泉である」と山頭火は示している。蕗のとうを見つければ、それを取って戻るだけでなく、同時に句も拾って戻るのであると。何よりも蕗のとうは格好の酒の肴、春の訪れを楽しめる。しかし、食べればほろ苦い。それは、時として、暗い過去を思い出させるから、もの悲しさゆえに、懐かしくも、また、愛おしくもある。

替句

ア①ル②ケ③バ④キ⑥ノ⑦ウ⑨ト⑧フ⑤

山頭火は歩くことが生きている証だ。長い道、険しい道、ひたすら、信念の道を歩く。「歩[*3]かない日はさみしい　飲まない日はさみしい　作らない日はさみしい」この三位一体を得るために、歩く歩く。しかし、この〝歩く、飲む、作る〟という煩悩に執着することが、人間として、僧として、精神的高みに近づいていることなのか。昨日の私はどうだったか、昨日より今日の私は成長しているのか……道に問ふ。

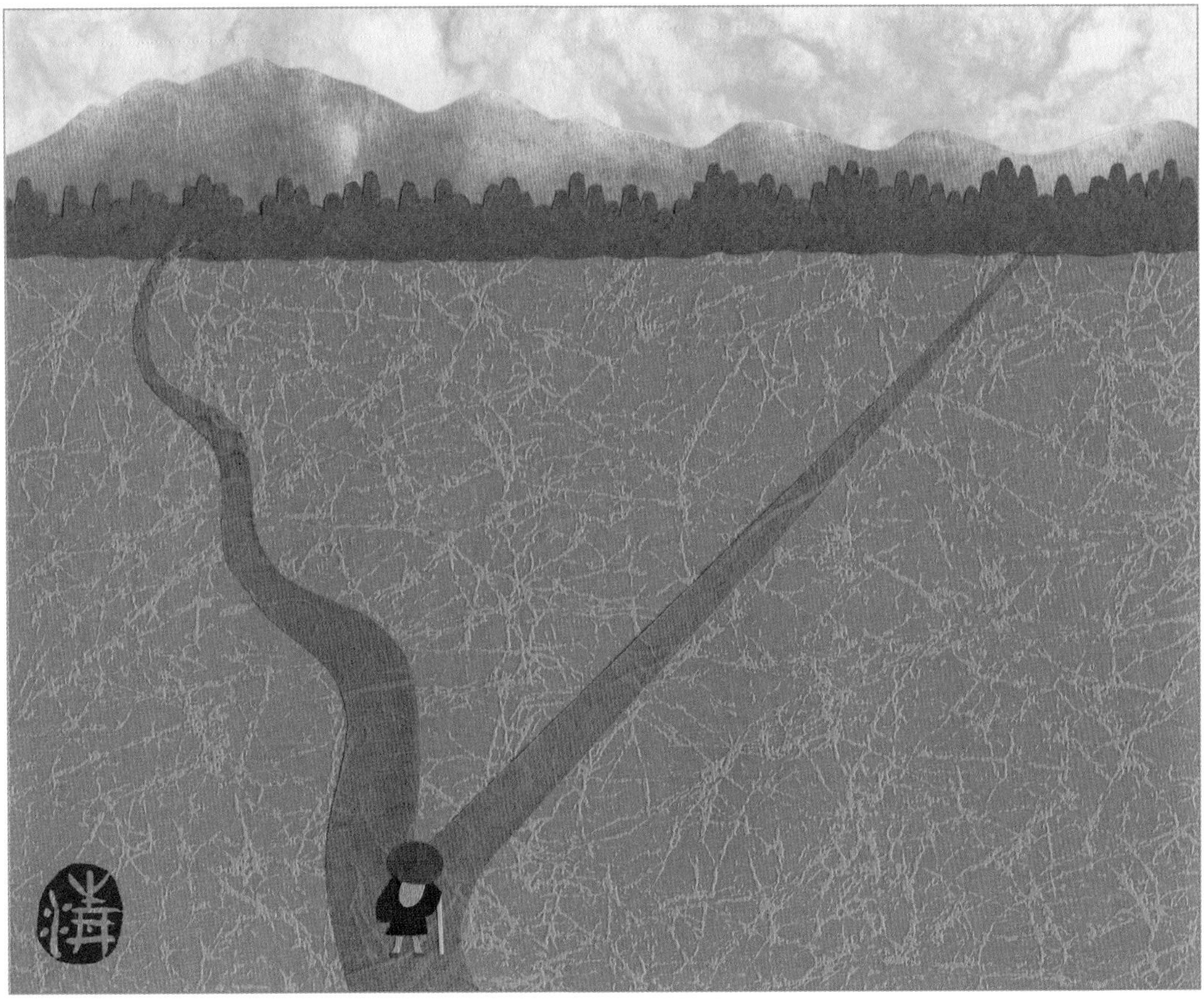

まつすぐな道でさみしい

元

替

まつすぐでない道さみし

解説

元句

①②③④⑤⑥⑦⑧⑨⑩⑪⑫
マッスグナミチデサミシイ

「道」と題した随筆で「道[*3]は前にある、まっすぐに行かう。――これは私の信念である」と記す。山頭火における道とは、精神的な大地に投影された人生の道そのものである。まっすぐな道も単なる一直線の道路ではなく、実直で偽ったりごまかしたりしない人倫の道をも想定される。自分の道を歩む人に堕落はない。前にはたった一つの道しかない。でも、一人で歩むのは、やはり寂しい。

替句

①②③④⑧⑤⑫⑥⑦⑨⑩⑪
マッスグデナイミチサミシ

山頭火は言う。「天国[*3]に昇ろうとまた地獄に落ちやうとそれは何でもない事である」「自己[*3]を掘る人の前にはたつた一つの道しかない。狭い険しい、ともすれば寂しさに泣かるる道しかない」と。険しさも孤独も、ずーっと見渡せるまっすぐな道。はじめテクテク、やがてトボトボ。たまには曲がりくねった道も……脳裏をよぎるも所詮は妥協のない道。捨身懸命の道に変わりなく、やはり寂しい気持ちは同じ。

春風の鉢の子一つ

元 × 替

春風ののちハッと恋ひ

解説

元句

ハルカゼノハチノコヒトツ
①②③④⑤⑥⑦⑧⑨⑩⑪⑫

この句は昭和八年三月十九日の作。同時期に「春風のお地蔵さんは無一物」という句を作っている。「句[*3]との比較でいえば、お地蔵さんの無一物に対し、自分はまだ鉢の子一つを持ち歩いている」と言いたいようだ。山頭火が命をつなぐ鉢の子……。かつて釈迦は農夫の問いに、「農夫[*3]のあなたは畑を耕すが、僧である私は心を耕すことで人々に甘露の果報をもたらす」と答えた。自省に根差した一句で春風のように心地よい。

替句

ハルカゼノノチハットコヒ
①②③④⑤⑧⑦⑥⑫⑪⑨⑩

旅立ちの春、芽吹きの春、出会いの春。一陣の春風が山を越え、川を渡り、野に里に春を告げる。働きバチはせっせと働いて蜜を運ぶ。農夫はせっせと田や畑を耕して苗を植え野菜の種をまく。修行僧もせっせと托鉢をして、人々の安寧を祈る。働いて、耕して、がんばった者に待っているのは、豊作の実り、鉢の子へのお恵み、そして、ぶんぶんミツバチには〝恋ひの出会い〟のごほうび（?）も。

分け入っても分け入っても青い山

元　替

訳を言っても謝っても言い訳

解説

元句

ワケイッテモワケイッテモアオイヤマ

①②③④⑤⑥⑦⑧⑨⑩⑪⑫⑬⑭⑮⑯⑰

それほどまでに決意して、分け入る先にあるものは、いったい何だったろうか。足は人間の世界に背こうと歩いているけれども、心は人間の世界を求めている。煩悩を断ち難い人間としての「業」と、托鉢僧《たくはつそう》としての「行」の厳しい覚悟が伺える。だが、時折、深山の峰々から覗く青い山は、希望の頂に見えてくる。分け入っても分け入っても、尽きることのない自由な俳句の世界に思えるから。

替句

ワケヲイッテモアヤマッテモイイワケ

①②⑭③④⑤⑥⑬⑯⑰⑩⑪⑫⑨⑮⑦⑧

山頭火の人生は、歩いて飲んで作って人に迷惑をかけ、自ら「どうしようもない私」と詠むに至る有様であった。が、生家の没落、母の自殺、妻子を捨て、故郷を捨て……捨てきれない不幸を背負いこんでの人生には、同情の余地はある。しかし、酒も俳句もどうしてもやめられない。〝自由に生きるからごめんね〟の自我を通して、生きてこられたのは、山頭火の人間味の為せる技だろう。

何を求める風の中ゆく

元

替

行くな風邪止めるものを何か

解説

元句

ナニヲモトメルカゼノナカユク
①②③④⑤⑥⑦⑧⑨⑩⑪⑫⑬⑭

捨身懸命の行乞を続けていた昭和七年四月二十日には「けふもいちにち風をあるいてきた」の句。またある日の日記には「身辺整理[*3]、整理しても整理しきれないものがある。もう一度、行乞の旅に出なければなるまい」と記す。捨てて整理しなければならないのに、気が付けば何かを求めているという矛盾。それが煩悩であり、その煩悩に立ちはだかるのが風という訳。風来坊に風はつきものだが。

替句

ユクナカゼトメルモノヲナニカ
⑬⑭①⑧⑨⑤⑥⑦④⑩③⑪②⑫

雨、風、雪、飢餓……たとえこの身が行倒れても、行乞修行をやめるわけには行かない。でも、命あっての物種。生かされてこそ、歩いて、飲んで、句を作るという〝贅沢〟を得られるのだから。風に立ち向かう前に、まず風邪を治すこと。財布との相談だが、木賃宿に泊まり、熱々の玉子酒を飲むか、余裕がなければ、せめて生姜湯を飲んで休む。まだ早い、〝死ぬ気で生きろ〟山頭火。

そこから青田のよい湯かげん

あそこのお宝よい湯かげん

解説

元句

①②③④⑤⑥⑦⑧⑨⑩⑪⑫⑬⑭
ソコカラアオタノヨイユカゲン

その日の宿は山口県の其中庵から近在の木賃宿。まずは五右衛門風呂で汗を流し、それから露天へ。見渡す限りの青田を伝って涼風が吹き、これまた湯かげんも爽快。[*3]「その日の所得は銭二十銭と米四升。宿への払いは米のほか木銭三銭」。だいぶ余剰が出た。こんないいこともあり、湯上りの一杯がいつにも増して楽しみ。もらいが多く、湯に憩い、般若湯はなお旨し。行乞流転の醍醐味がここにあり。

替句

⑤①②⑧⑥⑦③④⑨⑩⑪⑫⑬⑭
アソコノオタカラヨイユカゲン

宿は安い粗末な木賃宿とお決まりだが、たまに少しましな宿に泊まることがある。〝ましな〟というだけに、玄関あたりに豪華な置物などがあると不安がよぎる。この宿は濡れ手で泡の成金が金満趣味で作った宿に違いないと。そんな邪推を抱きつつ、いざ露天風呂へ。御影石の浴槽にひのきの桶、そして名のある陶芸家作と思われるお宝壺から注ぐ、まろやかなすべすべ湯。眼前には風そよぐ青田の絶景。勝手な悪しき妄想を反省しつつ、しばし長湯。

笠をぬぎしみじみとぬれ

元

替

笠ぬぎシジミ採れぬ身を

解説

元句

カ①サ②ヲ③ヌ④ギ⑤シ⑥ミ⑦ジ⑧ミ⑨ト⑩ヌ⑪レ⑫

行乞はお天気任せ。炎天をいただき、吹雪をいただき、雨をいただき……そう雨は時に行水がわりの恵みとなる。笠をぬぎ全身で〝しみじみとぬれ〟心身の汚れと垢をきれいに洗い流す。行乞僧として生きていく以上、人に施しをうけることは是としながらも、一抹のうしろめたさは拭いきれないが、天からの貢ぎ物には素直になれる。人に生かされ、自然に生かされ、お返しは修行。

替句

カ①サ②ヌ④ギ⑤シ⑥ジ⑧ミ⑦ト⑩レ⑫ヌ⑪ミ⑨ヲ③

梅雨時は雨戸も締め切っている家が多く、鉄鉢《てっぱつ》への貢ぎは期待できない。そんな沈んだ気持ちで川面を見ると、ピンと閃きが。どうせ濡れついでに、川でシジミでも採れれば宿で味噌汁の具にしてもらい、酒の肴に！ 裾をまくって腕まくり、網代笠を小脇に抱えて、安来節のドジョウすくいの気分でいざ！ 笠を川底に差し込むも小石ばかりで、おまけに穴からポロポロ、涙もぽろぽろ。

水を渡つて女買ひにゆく

元

替

皮肉か女水を渡つて湯

解説

元句

ミズヲワタッテオンナカヒニユク

①②③④⑤⑥⑦⑧⑨⑩⑪⑫⑬⑭⑮

修行僧にあるまじき放蕩ぶり。よりによって、専ら金の恩人である木村緑平に向けた、ぬけぬけと無心を乞う手紙にある句というから、その本心は計り兼ねる。〝山頭火は女性を愛したことがない〟という仲間うちの定説とも折り合いがつかない。謎を解くカギは「水を渡つて」か。身を清めるはずもなく、懺悔を水に流すためか？ 飲み代のタネも尽き、[*2]「こんな恥づかしい事を申上げなければなりません」と白旗の虚句！

替句

ヒニクカオンナミズヲワタッテユ

⑫⑬⑮⑪⑧⑨⑩①②③④⑤⑥⑦⑭

水のある無しに関わらず、川を渡ることは山頭火にとっては一つの決意であった。女性に関する記述では[*2]「かつて女を愛したこともなければ、女から愛されたこともない」と書いている山頭火。水を渡ることは、自分の姿を映し出す鏡にさらされることであり、性欲にかられる？ 邪心を見ることでもある。そんな時、湯桶を小脇に抱え湯に行く女とすれちがう。振り向く先で瞳が泳ぐ。

鴉啼いてわたしも一人

替　元

私ひとりモテない鴉

解説

元句

カラスナイテワタシモヒトリ
①②③④⑤⑥⑦⑧⑨⑩⑪⑫⑬

「放哉居士（尾崎放哉）の作に和して」という句。対象となるのは「烏がだまつてとんで行つた」。放哉の〈烏〉は黙り、山頭火の〈鴉〉は啼く。が、実際の鴉というより、象徴としての鴉と考えての句。放哉が一人きりの孤独を選んだように、自分も一人ぼっちなのだと。山頭火にとって放哉は、死後も懐かしい人であると同時に生死を無視したその生き方が羨ましかった。しかし、〝私にはできない〟。

替句

ワタシヒトリモテナイカラス
⑦⑧⑨⑪⑫⑬⑩⑥④⑤①②③

樹の上で啼く鴉、なぜ昔から忌み嫌われるのか。喪服の如き黒い色と、しゃがれ声。むやみに餌を漁る行状。考えてみれば黒い法衣に身を包み、乞食する山頭火と共通点は少なからずある。でも、モテない濡れ衣を着せられる鴉の名誉のために言うと、鳥の中で一番賢く、群れで情報交換しながら生きる逞しさはほかに類を見ない。古事記では神聖視された鳥としてモテていた事実もある。

どうしようもないわたしが歩いてゐる

元

替

土用丑あてもないわたしがいるゐる

解説

元句

ド《①》ウ《②》シ《③》ヨ《④》ウ《⑤》モ《⑥》ナ《⑦》イ《⑧》ワ《⑨》タ《⑩》シ《⑪》ガ《⑫》ア《⑬》ル《⑭》イ《⑮》テ《⑯》ヰ《⑰》ル《⑱》

「どうしようもないわたし」は、山頭火自身であることはわかっているのに、少々持て余し気味にあえて〝わたし〟を入れているところに自虐的、あるいは強い自己否定の感が否めない。しかし、〝どうしようもないなぁ、わたし〟だと、自嘲の念を含みつつも、〝でも、まっ、いいか〟とポジティブな私が顔を覗かせる。捨てるに捨てられない〝わたし〟。一歩一歩なんとかしようと〝歩いている〟から。

替句

ド《①》ヨ《④》ウ《②》ウ《⑤》シ《③》ア《⑬》テ《⑯》モ《⑥》ナ《⑦》イ《⑧》ワ《⑨》タ《⑩》シ《⑪》ガ《⑫》イ《⑮》ル《⑭》ヰ《⑰》ル《⑱》

金もない、身寄りもない、行く当てもない。ないないづくしの乞食山頭火にとって、とりわけ空腹はこたえる。折しも今日は土用の丑の日、うの字の暖簾をかき分けて、香ばしい匂いが路地に漂い鼻孔をくすぐる。〝はて、この郷に私を贔屓にしてくれた御仁はいなかっただろうか〟、宿で酒を酌み交わした旦那やら、気前のいい句友の顔やら、淡い記憶を辿る私がいる。うな重を想う私がいる。

石を枕に雲のゆくへを

元

替

死を楽に雲のゆくへを今

解説

元句

イシヲマクラニクモノユクヘヲ
①②③④⑤⑥⑦⑧⑨⑩⑪⑫⑬⑭

松山の郊外を流れる石手川での作。流浪の旅は自然に溶け込み、自然を謳歌する旅でもある。天高く山頭火痩せる秋。フンドシを川で洗い、素っ裸で河原にごろり。「巡礼[*3]として生き、巡礼として死にたい。そう願って松山に来た」。石を枕にまどろみの中、仰ぎ見れば、遥か天空を流れる雲、大気の流れが行き先を決める。〝我が身も雲のようでありたいものだ〟そよ風が頬を撫でていく。

替句

シヲラクニクモノユクヘヲイマ
②③⑥⑤⑦⑧⑨⑩⑪⑫⑬⑭①④

風に吹かれ、かたちを変え、色を変え、行く先を定めず、自由に悠々と流れる雲。綿菓子に見える。おにぎりに見える。母の顔に見える……陽を浴び、風を聴き、石に眠る。放浪行乞僧、漂泊の俳人、托鉢僧、流浪の雲水……肩書はいろいろあるが、所詮は風来坊。ふと芭蕉の「旅に病んで夢は枯野をかけ廻る」を想い、ひとひねり。「旅に休んで夢は天空を駆け巡る」。願わくば、こんな死を。空よ、雲よ、似た者同士のよしみ、捨身懸命の思いを託して今!

炎天をいただいて乞ひ歩く

元

替

縁をいただいて天乞ひ歩く

解説

元句

エ①ン②テ③ン④ヲ⑤イ⑥タ⑦ダ⑧イ⑨テ⑩コ⑪ヒ⑫ア⑬ル⑭ク⑮

行乞流転の山頭火にとって、炎天であれ吹雪であれ、自然の摂理を「いただいて」歩くことは修行であり、雲の如く、水の如く歩いて、「雲水」の極意に近づく。そして軒先に立ち観音経を誦経《ずきょう》し、米や銅貨を鉄鉢に受ける、ここに機微がある。あるカフェでじらされた挙句に一銭を入れた女給に、〝ありがとう、でもそれはチップとしてあげましょう〟という逸話も。なかなか粋ではないか。

替句

エ①ン②ヲ⑤イ⑥タ⑦ダ⑧イ⑨テ⑩テ③ン④コ⑪ヒ⑫ア⑬ル⑭ク⑮

ところで軒先に立つ基準は有るや否や。門構え、蔵の数、五葉松の老木。さぞや布施も……などと下世話な品定めなどはもってのほか。雲水の導きによって足の向いた先が誦経の場所。鉄鉢に受けるものは、お米であれ、ねぎらいであれ、〝ご縁をいただいて授かったお志〟。ただ炎天下で疲労困憊した時に現れる木陰は、布施に勝るお恵み。感謝すべきは、天におわす観世音菩薩さま。

飛んでいつぴき赤蛙

元

替

一品ガエル後で描き

解説

元句

トンデイッピキアカガエル
①②③④⑤⑥⑦⑧⑨⑩⑪⑫

「蝗[*3]は群をなして飛びかひ（略）これにひきかへて赤蛙はあくまで孤独だ。草から草へおどろくほど高く飛ぶ」と山頭火は随筆に書いている。この句を作った昭和十三年頃山頭火が関心をもっていたのは象徴詩としての俳句で、赤蛙こそ孤独な自分の象徴であり、赤蛙になりたいとも思っていた。しかし、現実は、人が蛙になれるわけがない。要は、飛んだ一瞬に自分を仮託した！　ここに俳人山頭火の気合いがほとばしる。

替句

イッピンガエルアトデカキ
④⑤⑥②⑩⑪⑫⑧①③⑨⑦

山頭火は言う「句[*1]の出来るのは、町を離れて山路にかかった時だ、無心にしてテクテクと歩いてゐる、さうした時、ポツポツと句が浮かんで来る……」と。今日も今日とてテクテク山路、ふっと草むらを見ると、真っ赤な蛙が鎮座していて威風堂々、孤高の風格。これは一句に、と。その前にまず観察……すると、ピョピョーンなんとまぁ高〜い跳躍！　おみごと一品赤蛙。〝この感動は後で描こう〟。

ほうたるこいこいふるさとにきた

元

替

ふいに来たほうたる恋悟る娘

解説

元句

ホウタルコイコイフルサトニキタ
①②③④⑤⑥⑦⑧⑨⑩⑪⑫⑬⑭⑮

蛍を想う時、故郷の夏の幼い想い出が脳裏をよぎる。蛍のわらべ歌は歌詞は違えど〝おいでおいで、こっちへおいで〟と無心に誘う招き歌だ。この句が作られたのは、山頭火が故郷の近くの川棚温泉に草庵を結ぼうとしている頃。故郷に泥を塗って逃避した我が身を、温かく迎えてくれようはずもないことは重々わかりながらも、故郷忘れ難し！　果たして山頭火というほうたるを招く声は？

替句

⑨⑧⑬⑭⑮①②③④⑤⑥⑪⑫⑩⑦

フイニキタホウタルコイサトルコ

「ほうたる」に寄せる想いは、幼児なら仲のいい遊び友達。年老いた夫婦ならわが子わが孫。そして、若い娘ならひそかに抱く恋心。想い焦がれて、ふいに現れた蛍は、まさしく好いた青年のよう。♪ほう　ほう　ほうたる　とんでこい　こいこい　恋しい　胸に　こい。待つ人それぞれにわらべ歌の歌詞がある。蛍は故郷の水の味を忘れないという。♪ほう　ほう　ほう　ほうたる　さんさんさんとうか　こっちのみーずは　あーまいよー。

いつも一人で赤とんぼ

元 × 替

とんぼも赤いヒトデ釣り

解説

元句

①②③④⑤⑥⑦⑧⑨⑩⑪⑫
イツモヒトリデアカトンボ

昭和七年八月、川棚温泉に庵を結ぼうとしたが、放浪人の身元を保証してくれる酔狂な人はおらず頓挫してしまう。その地を去ることになった前日の句。世の非情を恨みつつ、もう一晩と名残りを惜しんでいる時、ふっと目に止まったのが、一匹の赤とんぼ。精霊とんぼともいい、このとんぼを見るにつけ死を急いだ母を思う。山頭火もとんぼも一人ぼっち、孤独の思いはいよいよ募るばかり。

替句

⑩⑪⑫③⑧⑨①④⑤⑦②⑥
トンボモアカイヒトデツリ

とんとんとんぼ、小指に止まってさぁ大変。とんぼは里の悪ガキどもから、とんぼ釣りの災難に遭うことも度々だが、実はとんぼも釣り名人なのだ。汐風にさそわれ海辺をスーッとひと巡り、岩場に置き忘れた釣り竿の先に止まり、時々ツンツン、するとヒトデがぱくり。この楽しみがあるから〝寂しくなんかな〜いもん〟。ほら、童謡赤とんぼの歌詞にも ♪夕やけ小やけの赤とんぼ とまっているよ竿の先 とあるもんね。

まつたく雲がない笠をぬぎ

替×元

寡黙なサギが待つヲタク犬

解説

元句

マッタククモガナイカサヲヌギ
①②③④⑤⑥⑦⑧⑨⑩⑪⑫⑬⑭

行乞のお供の網代笠。雨風を凌ぎ、世間の好奇の視線を遮り、素性を隠す格好の護り笠だ。だが、天高く風そよぎ水清らかな野原においては、笠をぬぎ、冷たい手拭いで体を拭いてしばし素の我に帰る。土くれた手。浅黒い肌。どう見ても歳よりは老けて見える〝みすぼらしい〟素顔。だが、誦経で鉄鉢に報謝をいただく山頭火は乞食にあらず。心に一点の曇りもないから、笠をぬぎ自分を晒す。

替句

カモクナサギガマツヲタクイヌ
⑩⑥⑤⑧⑪⑭⑦①②⑫③④⑨⑬

一人歩きの退屈さや寂しさを癒してくれるものは、そこここに溢れている。風の音、鳥の声、水の音。自分を追い越す西日の影さえ話掛けたくなる。まして、水澄む水面に寡黙な美しいサギでも居ようものなら、鎮守の歌舞伎の名場面を観るように、しばし時を忘れる。そんなサギに萌え萌えのヲタク犬が静かに熱い眼差しだけを注ぐ。あぁ〝好き〟に真っ直ぐなお前が羨ましい。

秋風の石を拾ふ

元 × 替

畦の石柿を拾ふ

解説

元句

ア①キ②カ③ゼ④ノ⑤イ⑥シ⑦ヲ⑧ヒ⑨ロ⑩フ⑪

昭和五年十月十日鹿児島県志布志での作。のちの行乞記に[*3]「いつからとなく私は『拾ふこと』を始めた、そしてまた、いつからとなく石を愛するやうになつた」とある。見向きもされない石をどうするのか。それは、家を捨て、妻子を捨て、堂守を捨て……捨ててばかりでは精神的安定を欠く。禅宗で石は純粋な人間性、澄んだ心を象徴するから、無用の石を拾いながら贖罪を込めたのかもしれない。

替句

ア①ゼ④ノ⑤イ⑥シ⑦カ③キ②ヲ⑧ヒ⑨ロ⑩フ⑪

稲刈りの後は田んぼの畦道をよく歩く。土の温かさが伝わり、疲れも取れる。タニシもちらほら、でも石ころは気になる。石の多い田は実りが少ないから石を拾い砂利道に捨てる。行乞で貰うのは米が多いから、感謝の気持ちもある。そんな折、鳥が落とした熟柿などを拾う事がある。熟れた柿の重さに耐えきれずに落としたものだろう。捨てる石あれば、拾う柿あり。あま〜いごほうびだ。

捨てきれない荷物のおもさまへうしろ

元　替

すてきな荷物まへ重いのうしろ去れ

解説

元句

ステキレナイニモツノオモサマヘウシロ

①②③④⑤⑥⑦⑧⑨⑩⑪⑫⑬⑭⑮⑯⑰⑱

煩悩を断ちすべてを捨てて行乞の旅へ。それでもなお「聖と俗」の狭間にあってなかなか脱却できない。山頭火の生涯は、何もかも捨てることに腐心した生涯だったけれど、捨てる以上に執着するものがあるから、荷物は一向に軽くならない。前を捨てればふんぞり返る、後ろを捨てればつんのめる。捨てては拾い、また捨てて……ずしりと重いまへうしろ。我が身は痩せて、荷物は太る。

替句

ステキナニモツマヘオモイノウシロサレ

①②③⑤⑦⑧⑨⑭⑮⑪⑫⑥⑩⑯⑰⑱⑬④

振り分け荷物は重さを均等にして、前後に懸けるのがコツ。生活用品でも、最低最少の必需品に抑え、身軽を心がける。しかし、お米の恵みや、塩や味噌、訳の分からない石ころなどに加え、形には収まらない心の荷物まで押し込めると始末が悪い。〝自分というお荷物、これが一番重たい〟。だから、せめて楽しい思い出は胸に、辛い記憶は背中の方へ。気の持ちようで、荷物は軽くなる。

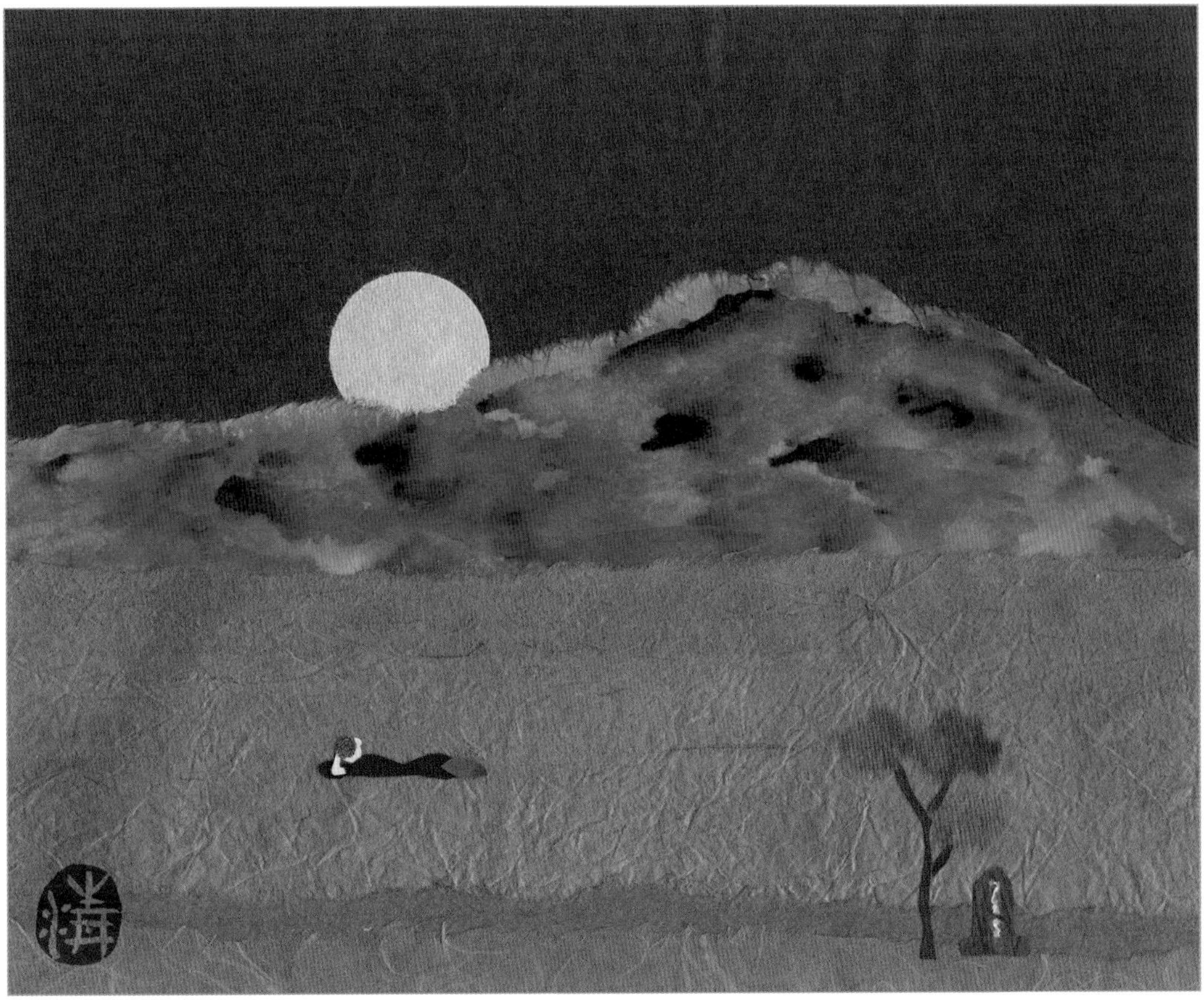

どかりと山の月おちた

元 × 替

どかりと山の田おちつき

解説

元句

ド①カ②リ③ト④ヤ⑤マ⑥ノ⑦ツ⑧キ⑨オ⑩チ⑪タ⑫

昭和七年九月十四日の作。今まさに山の端に隠れる月が「どかり」とおちた。なんと潔いことか、なんと素早いことか。驚嘆しつつも、落胆も大きい。今宵は満月、じっくり眺めていたい思いに月の沈む速度は合わせてはくれない。世の全ての現象が激しく変わることを、仏教では有為転変という。月のどかりは、山頭火の自省の心に落ちた「どかり」であったようだ。

替句

ド①カ②リ③ト④ヤ⑤マ⑥ノ⑦タ⑫オ⑩チ⑪ツ⑧キ⑨

里を抜け野山を行けば、日暮れたところで野宿。雨さえ降らなければ、狸や虫に邪魔されない田んぼのまん中は手足ののびのび格好の草枕。遥か連山の上には満月のお膳立て。稲刈り後の稲藁を集めてどかりと寝ころび、しばしの月見。さて名月を一句……すると突然、山も田も凹むほど月が「どかり」と落ちた。思い通りにならないのが人生、まだまだ修行が足りない。〝今夜はツキが落ちた〟。

おとはしぐれか

元

替

葉音しぐれか

解説

元句

オ①ト②ハ③シ④グ⑤レ⑥カ⑦

昭和七年十月二十一日、其中庵での作。その日の日記には、「曇[*3]、それから晴、いよ〳〵秋が深い。朝、厠にしやがんでゐると、ぽとぽとといふ音、しぐれだ、草屋根をしたゝるしぐれの音だ。おとはしぐれかという一句が突発した」とある。季節の変化を時雨の音で感知するあたりは、俳人の面目躍如。随筆の中で、「季節[*3]のうつりかはりに敏感なのは、植物では草、動物では虫、人間では独り者、旅人、貧乏人である（この点も私は草や虫みたいな存在だ！）」とも。

替句

ハ③オ①ト②シ④グ⑤レ⑥カ⑦

歳のせいか、たびたびの厠通い。今日も今日とて早朝からどっかとしゃがみ込む。座禅の如く、心穏やかにして、じーっと尿意を待つ。やがて、なにやらざわつく葉音。明かり窓から坪庭を覗くと、葉っぱに落ちる雨音。時雨だ。やがて草屋根の雨音も加わり、ぽたぽたぽったん、さーさーさー、なんと心地よい音色だろう。この音楽を聴いてなおわが放尿は、ぽたーりぽたーりの雨だれなり。

寒い雲がいそぐ

替　元

勇むクモがいそぐ

解説

元句

サ①**ム**②**イ**③**ク**④**モ**⑤**ガ**⑥**イ**⑦**ソ**⑧**グ**⑨

昭和七年二月五日の作。寒さに震え食や宿にありつけず途方に暮れている時、空ゆく雲を眺める余裕はない。だが〝あぁ寒い雲がいそぐなぁ〟などという句が浮かぶのは安堵の最中の証拠。この句を作った数日前は長崎の武雄・嬉野温泉でのんびり過ごし、行乞もしばし休業。しかも地元の俳人が物見遊山の豪華なもてなしで俳句の「宗匠」を歓待。雲の如く、水の如くゆく雲水山頭火はいずこ。

替句

イ③**サ**①**ム**②**ク**④**モ**⑤**ガ**⑥**イ**⑦**ソ**⑧**グ**⑨

クモはどこでも巣を張る。どこでも生きていける。働くのは巣を作るときだけ。後はひたすら虫がかかるのを待つ。黄金グモ、女郎グモ。これが人間社会なら欲に駆られてうっかり罠にはまりそうな、怪しい名前の猛者もいる。寒さが増すと餌の虫も減ってくる頃、だが蚊や浮塵子は人の汗の匂いに寄せられて集まるから、雲水の笠の中は格好の待ち受け場。歩け歩け、汗をかけかけ、雲水よ。

鉄鉢の中へも霰

元 × 替

穴へ漏れ空の鉄鉢

解説

元句

テッパツノナカヘモアラレ
①②③④⑤⑥⑦⑧⑨⑩⑪⑫

行乞の僧にとって食を受ける容れ物である「鉄鉢《てっぱつ》」は、まさしくそれは命の糧の受け鉢。この句の里は北九州、季節は冬。寒空の下、軒先に立ってもお布施の米はなかなかもらえない。そんな折、音を立てて霰が降り込んできた。パラパラカラカラ……笠を打つ、凍えた手を打つ、テッパツを通して伝わる虚しい手ごたえ。愚僧山頭火、霰を米と思えるほどの心境には未だ達していない。

替句

アナヘモレカラノテッパツ
⑩⑥⑧⑨⑫⑦⑪⑤①②③④

山頭火は耳を澄ます達人でもあったようだ。自身も聴覚の感性の鋭さは認めており「耳の俳人」[*3]を自認していたともいわれている。だとすれば、虚しく降り注ぐ霰の存在を、耳で読み解けば〝音を立てて降りこむ霰の音は、高僧の叱咤激励〟と思っただろうか。とはいえ、せめて音だけでも腹の足しに！　と思っても、錆びた鉄鉢の穴から漏れ落ちる霰の様は〝虚無〟の礫、あぁ無常！

ついてくる犬よおまへも宿なしか

元 替

ど突いて萌へまくる犬よ親なしか

解説

元句

ツイテクルイヌヨオマヘモヤドナシカ
①②③④⑤⑥⑦⑧⑨⑩⑪⑫⑬⑭⑮⑯⑰

所詮、宿無し流転の身なれば、犬に咬まれた、なつかれたは、よくある出来事。それにしても素直で哀感に満ち、〝つぶやき〟のような作為の無いこの句は、行乞の現実と我が身の行く末を冷静に俯瞰して詠んだ心のスケッチのようだ。護るものなし。捨てるものなし。捨身懸命に生きる素浪人の自分についてくるものは、たとえ犬であれ猫であれ乞食であれ、森羅万象の同じ一つの命なのだ。

替句

ドツイテモヘマクルイヌヨオヤナシカ
⑭①②③⑫⑪⑩④⑤⑥⑦⑧⑨⑬⑮⑯⑰

親子の情が薄い者にとって、仲睦ましい家族を見るのは時につらい。たとえば祭りの縁日。幸せな親子が晴れ着姿でほほ笑み、願掛けの絵馬を掛けているところに遭遇したら、縁もゆかりもない身でも、幸あれよ！　と願わずにはいられない。だが、その微笑ましさも捨て犬ノラにとっては耐えられない一コマだ。恨む親さえ知らないノラは絵馬をど突くしかすべがない。〝さぁおいで一緒に寝よう〟。

松はみな枝垂れて南無観世音

替 元

女は禅乱れて松かなしむ

解説

元句

マツハミナシダレテナムカンゼオン

①②③④⑤⑥⑦⑧⑨⑩⑪⑫⑬⑭⑮⑯

大正十四年二月、出家得度して肥後の片田舎なる味取観音堂の堂守となった山頭火。それはまことに山林独住の、「さびしいといへばさびしく、しづかといへばしづか」[*3]な生活であった。真摯に禅修行に打ち込む日々、一心に観音経を誦経する自分の姿に、境内の幾星霜の赤松はみな手をさしのべるように枝垂れて、〝まるで合掌しているみたいだ〟。いよいよ堂守も、板についた山頭火。

替句

オンナハゼンミダレテマツカナシム

⑮⑯⑤③⑭⑬④⑦⑧⑨①②⑫⑩⑥⑪

ある日、気性の激しい女が泰然自若の松の老木に出会い、その静謐なお姿にあやかろうと座禅を試みた。夜明け前、心静かに松の根元の座り無念無想を肝に銘じ、いざ瞑想。まもなく煩悩妄想が頭を駆け巡り、悟りの境地とはほど遠く、やがて睡魔と脚のしびれ。我慢の無さに意気消沈、恐る恐る松を見上げると、大慈大悲に富む菩薩の囁きが〝邪念に克つまで私はじっとマツよ〟と。

うしろすがたのしぐれてゆくか

元　替

うしろ痒く手がすぐれ楽し

解説

元句

ウ①シ②ロ③ス④ガ⑤タ⑥ノ⑦シ⑧グ⑨レ⑩テ⑪ユ⑫ク⑬カ⑭

一瞬、芭蕉の景色がよぎるが、気どりのない流れは山頭火ならではの世界観。やがて訪れる厳しい冬を暗示するかのような、灰色の時雨は、亡羊とした人生のはかなさを諭すように冷たく打ち付ける。果たして抱えきれない不安を纏った我が身は他者にどう見えているのだろうか。とりわけ自分では知る由もないうしろ姿は……しぐれしぐれてしぐれにしぐれる。今はしぐれに溶け込もう。

替句

ウ①シ②ロ③カ⑭ユ⑫ク⑬テ⑪ガ⑤ス④グ⑨レ⑩タ⑥ノ⑦シ⑧

また時雨、冬に向かうどんより、まったりの暗い道。笠を打つサーサーザーザー。退屈とうんざりを飲み込みながら歩いていると、背中のあたりに痒みが！　来た来た。ホイトウ（乞食）と呼ばれて致しかたない風体の宿なしの身なればインキン、水虫、田虫とは深い仲。だから突然の発作？　にも我が手は痒いところにサッと届くすぐれ者。この貧者の道楽が身に付くと行乞も苦にならない。

生死の中の雪ふりしきる

元 × 替

力士痔化膿死の雪降るなよ

解説

元句

ショウジノナカノユキフリシキル
①②③④⑤⑥⑦⑧⑨⑩⑪⑫⑬⑭⑮

行乞によってのみ食を得る日々というのは、想像を絶する難儀だったに違いない。とりわけ体調を崩しての托鉢は骨身にこたえる。まして、吹雪の中の寒さと彷徨、生死《しょうじ》の狭間の決死行。山頭火は句の前書に、「生*3を明らめ死を明らむるは仏家一大事の因縁なり（修証義）」の一文を添え、ひたすら黙々と生死の境を歩いている。ここはもう道元禅師の裁きに委ねるしかない。所詮、捨身懸命の身なのだから。

替句

リキシジカノウシノユキフルナヨ
⑫⑩①④⑦⑤③⑬⑧⑨⑭⑪⑮⑥②

裸一貫の力士にとっては、なによりも体が資本。足腰を鍛え、ちゃんこをたらふく食べて、稽古の虫になることが、出世の近道。でも、どんなに精進しても、そこは人の子。病気もすれば怪我もする。しかし、「痔」は天敵。ひとたび化膿すればふんどしは締められないし、もちろん稽古も出来ない。おまけに寒さが加われば、肛門も縮み命取り。あぁ雪よ、降らないで！　生死の狭間の医者通い。

春の雪ふる女はまことうつくしい

元

替

古き恋纏う女はシック春の湯

解説

元句

ハ①ル②ノ③ユ④キ⑤フ⑥ル⑦オ⑧ン⑨ナ⑩ハ⑪マ⑫コ⑬ト⑭ウ⑮ツ⑯ク⑰シ⑱イ⑲

昭和十一年三月八日、宝塚へ雪中吟行の時の句。黄昏の街を歩く女性たちは折から降る雪とあいまって、ファンタジックな美しさに輝いていた。中にはドレスの裾を翻して歩く女。かすかな香水の匂いの主は、タカラジェンヌか、はたまた銀幕のスタアか。胸キュンの妄想を温めて、夜は豊中の句友宅へ。日記には[*3]「雪は美しい、友情は温かい、私は私自身を祝福する」と書いている。

替句

フ⑥ル⑦キ⑤コ⑬イ⑲マ⑫ト⑭ウ⑮オ⑧ン⑨ナ⑩ハ⑪シ⑱ッ⑯ク⑰ハ①ル②ノ③ユ④

街が暮れなずむ路地裏。富士額の細面に不釣り合いのようなつぶらな瞳。粋なお召しに斜め帯。色恋の酸いも甘いも知りながら、夢二絵の女のように儚げな物腰で道を行く女。やがて気まぐれな春の空から雪がふうわり。静々と湯へ向かう女と、突然、鶴が舞い降りたようにエレガントに歩く女が、まるで舞台の上手と下手からすーっとすれ違う。シックな女とモガに、淡雪が溶けていく。

この道しかない春の雪ふる

元

替

未知の娘悲しい春の雪ふる

解説

元句

コノミチシカナイハルノユキフル
①②③④⑤⑥⑦⑧⑨⑩⑪⑫⑬⑭⑮

昭和九年三月十四日の日記には、[*3]「しづかに読書してゐると、若い女の足音がちかづいてきた（略）彼女はF屋のふうちやんだつた（略）到来の紅茶を御馳走した、紅茶はよかつたらう！」とある。折から、ちらちら春の雪。この淡く、すぐに解ける春の雪に、山頭火は甘美な恋心を重ね合わせた。彼女が帰ったあとに考えたことは、煩悩に迷わず「この道」を行くということだった。淡い恋を冷やすには淡雪が心地よい。

替句

ミチノコカナシイハルノユキフル
③④②①⑥⑦⑤⑧⑨⑩⑪⑫⑬⑭⑮

たとえば、未だ恋を知らない娘が、歳の差や容姿を超えて、自由に我が道を行く山頭火に突然ドーパミンが分泌され恋の病にかかったとしても、何ら不思議ではない。ただその処方箋が〝聖職にある身〟を装い、娘の思いを無下にすることはいかがなものか。人の道に従う僧侶と、「水を渡つて女買ひにゆく」オトコ山頭火の整合性はいかに？　情の無さでは花を散らす春の雪と同じではないか。

おちついて死ねさうな草萌ゆる

元　替

落ちて死ねない草津湯もう去る

解説

元句

オチツイテシネサウナクサモユル

①②③④⑤⑥⑦⑧⑨⑩⑪⑫⑬⑭⑮

山頭火の望みは二つあった。本当の自分の俳句を作り上げること。もう一つは苦しまず、ころり往生を遂げること。「ころり」の見通しがついたからだろうか。掲出句は昭和十五年三月十二日、松山一草庵での作。注目すべきは三ヶ月前の入庵時に「おちついて死ねさうな草枯るる」と同類の句を作っている事だ。「当*3所は「草枯るる」と共に死んでもよいと思っていた。けれど命永らえて今は「草萌ゆる」の時期である」と。死に臨んでなお萌ゆるが良しか。

替句

①②⑤⑥⑦⑩④⑪⑧③⑭⑬⑨⑫⑮

オチテシネナイクサッユモウサル

死んだ方がマシとばかりに自死を考えてもなお、苦しくなさそうとか、簡単そうとか、とかく楽そうな方法を思い描くのは人間の性というもの。〝温泉に浸りつつコクンとあの世へ〟となると、熱めの草津湯。いざ、決行とばかりに湯殿へ行くと若いお姐さんたちが、草津名物湯もみの最中。ここに、ドボンと飛びこんで熱湯に苛まれお姐さんの板に救われて……嗚呼カッコ悪すぎてもう。

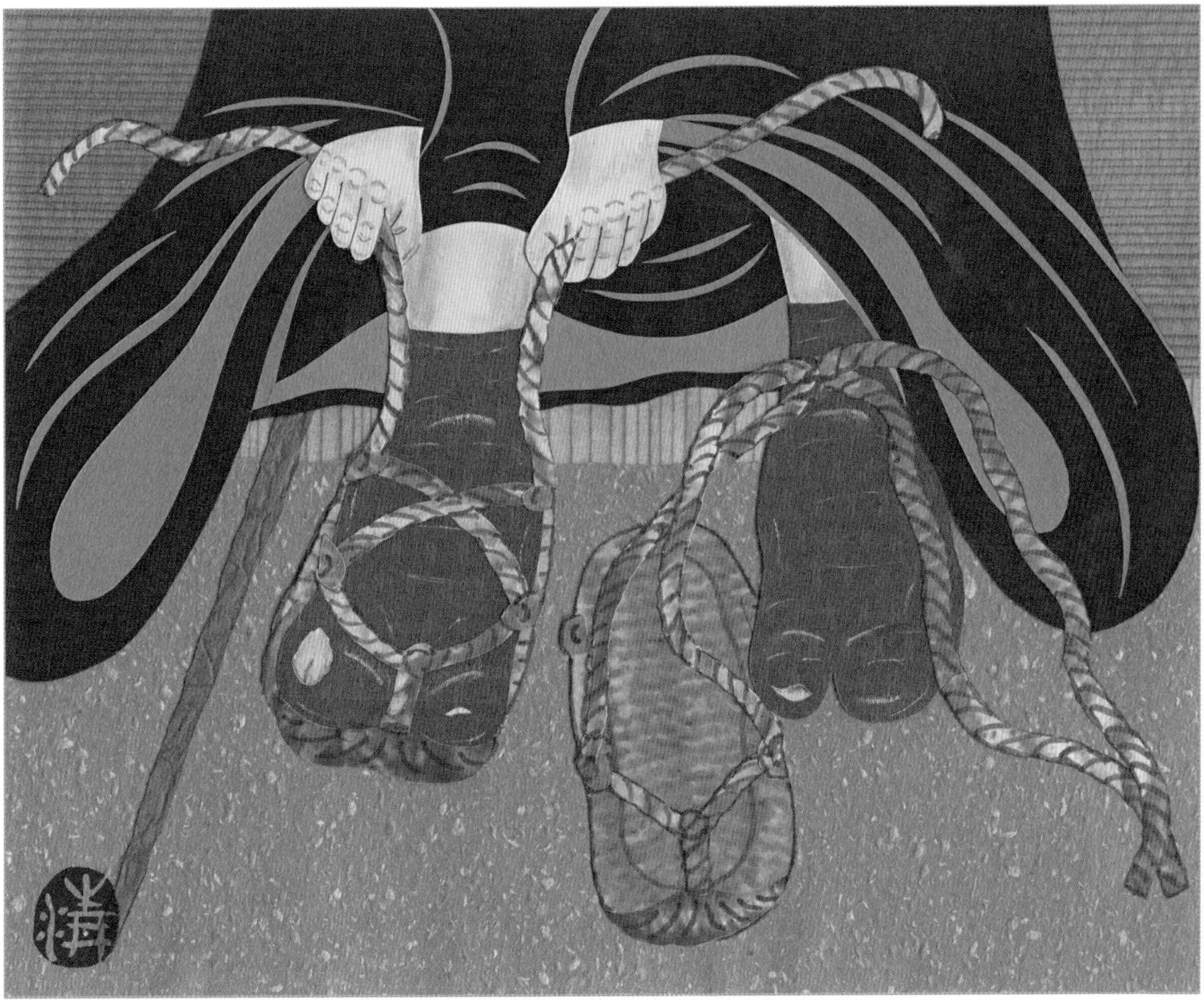

だまつて今日の草鞋穿く

元　替

だまつて浮世の草鞋穿く

解説

元句

ダマッテキョウノワラジハク
①②③④⑤⑥⑦⑧⑨⑩⑪⑫⑬

木賃宿で、句友宅で、野宿で、迎える朝。新たな朝の気負いも、送別の言葉もなく黙々と草鞋を穿く、ぽっかりとした時間。果たしていかほどの〝おもらい〟を当てにできるやら……。「[*3]私はたゞ歩いてをります、歩く、たゞ歩く事が一切を解決してくれるやうな気がします」とは、行乞一、二年頃のハガキの文面。芭蕉は旅の願いとして良い宿とよい草鞋を挙げているが、山頭火には望むべきもない。

替句

ダマッテウキヨノワラジハク
①②③④⑦⑤⑥⑧⑨⑩⑪⑫⑬

あらゆる修行に共通する事は、日々同じ事の繰り返しが肝要。場数を踏む事で心にしみる、体が覚える極意。行乞修行にも相通じる一面がある。牛の歩みも千里のたとえのように、遅々として進まない行脚も、履きつぶした草鞋の数だけ想いはきっと遂げられる。それには長い年月を要する。風雪に耐え、捨身懸命に生き、歳老いて初めて見えてくる解脱の景色、それまではただまって草鞋を穿くのだ！

［参考文献］

解説内における引用の出典は「＊1」などと示しました。

1　荻原井泉水・伊藤完吾（共編）『山頭火を語る』一九七二年八月、潮文社

2　村上護『放浪の俳人・山頭火』一九八八年八月、講談社

3　村上護『山頭火・名句鑑賞』二〇一八年五月、春陽堂書店

菊地 清（きくち・きよし）　**絵本作家・造形作家**

山形県鶴岡市生まれ。国学院大学文学部卒業。コピーライターとして活躍後、現在は福島県のアトリエで創作を行う。著書に、『紙仏巡礼』（文化出版局、2017年）、『円空さんと遊ぼう』（日貿出版社、2015年）、『ひらがなどうぶつえん』（小峰書店、1997年）、『サンタのおまじない』（冨山房、1991年）ほか。

山頭火《さんとうか》と遊《あそ》ぶ　**句《く》あれば楽《らく》あり**

2020年4月20日　初版第1刷発行

著　者　　菊地　清

発行者　　伊藤良則
発行所　　株式会社春陽堂書店
〒104-0061
東京都中央区銀座3丁目10-9 KEC銀座ビル
TEL: 03-6264-0855（代表）
https://www.shunyodo.co.jp/

デザイン　　駒井和彬（こまゐ図考室）

印刷・製本　恵友印刷株式会社

ISBN 978-4-394-90367-3　C0092